KB044444

문학과지성 시인선 542

당신은 언제 노래가 되지

허연 시집

문학과지성사

문학과지성사에서 펴낸 허연의 시집

내가 원하는 천사(2012)
오십 미터(2016)

문학과지성 시인선 542
당신은 언제 노래가 되지

초판 1쇄 발행 2020년 6월 17일
초판 16쇄 발행 2024년 9월 4일

지 은 이 허연
펴 낸 이 이광호
주   간 이근혜
편   집 최지인 이민희 조은혜 박선우
펴 낸 곳 ㈜**문학과지성사**
등록번호 제1993-000098호
주   소 04034 서울 마포구 잔다리로7길 18(서교동 377-20)
전   화 02)338-7224
팩   스 02)323-4180(편집) 02)338-7221(영업)
전자우편 moonji@moonji.com
홈페이지 www.moonji.com

ⓒ 허연, 2020. Printed in Seoul, Korea

ISBN 978-89-320-3747-9 03810

이 도서의 국립중앙도서관 출판예정도서목록(CIP)은 서지정보유통지원시스템 홈페이지
(http://seoji.nl.go.kr)와 국가자료공동목록시스템(http://www.nl.go.kr/kolisnet)에서
이용하실 수 있습니다. (CIP제어번호: CIP2020023564)

문학과지성 시인선 542

당신은 언제 노래가 되지

허연

시인의 말

소식은 없었다
밤에 생긴 상처는 오래 사라지지 않는다
도망치지 못했다

2020년 6월
허연

당신은 언제 노래가 되지

차례

시인의 말

1부

트램펄린

그런 것들이다 내가 아쉬운 건
트램펄린에 오를 때
나는 이미 처지가 정해져 있었고
그걸 누구에게 묻지는 못했고

트램펄린 밖으로 떨어진 소년
최선을 다해서 태연하고 최선을 다해서 일어서는 소년

그런 것들이다 언제나
어른들은 타협하고 소년들은 트램펄린에서 떨어지고

그런 것들이다 내가 아쉬운 건

하지만
트램펄린에 오를 때
이미 준비된 실패라는 걸 알았고
예정된 마지막 장면을 후회하지도 않았고

그냥 트램펄린이란 트램펄린은 모두 불태워졌으면 좋
겠다

자꾸 오르게 되니까
또 최선을 다해 떨어질 테니까
떨어질 처지라는 걸 아니까

트램펄린에 날 던지면서 말한다
"말해줘 가능하다면 내가 세상을 고르고 싶어"

생각이 있으면 말해주리라 믿었지만
트램펄린은 그냥
나를 떨어뜨리고
미워하지도 않으면서 나를 떨어뜨리고
그러면 내 처지도 최선을 다해 떨어지고

세상에서 트램펄린이 모두 사라졌으면 좋겠다

그렇지만 아쉽다
날아오르는 몇 초가 달콤했기 때문에

세상의 액면

39층에서 내려다본 이승의 액면.
뚜렷한 금이 사라졌다가는 이어지고,
거리를 가득 메운 세상의 수많은 모자들.
모자에 감춰진 금서들과
개 같은 여름의 추억들.
거칠기만 한 모서리들.

굴뚝 속에서 날아오르는 깨달음의 새들.
하나 둘 하나 둘,
일기를 쓰는 그날 저녁의 근육들.
야근조의 눈에 반사된 십자가.
숯이 되어버린 길 잃은 양들. 버스를 가득 채운 근심스
러운 성자들.

폐수와 나란히 흐르는 生.
전동차 속에 처박힌 외투들, 그리고
비슷한 무게의 이데올로기.
봉인되지 않는 회색 유골함. 출간되지 못한 서책들.
이승이라는 신전.
빨랫줄에 내걸린 무희들.

어떤 거리

서쪽으로 더 가면
한때 직박구리가 집을 지었던 느티나무가 있다
그 나무는 7년째 죽어 있는데
7년째 그늘을 만든다
사람들은 나무를 베어내지 않는다
나무는 거리와 닮았으니까

지구가 돈다는 사실을
보통은 별이 떠야 알 수 있지만
강 하구에 찍힌
어제 떠난 철새의 발자국이
그걸 알려줄 때도 있다
마을도 돌고 있는 것이다

차에 시동을 끄고 자판기 앞에 서면
살고 싶어진다
뷰포인트 같은 게 없어서
나는 이 거리에서 흐뭇해지고
또 누군가를 기다린다

단팥빵을 잘 만드는 빵집과
소보로를 잘 만드는 빵집은 싸우지 않는다

출발했던 곳으로 돌아오는 동안
커다란 진자의 반경 안에 있는 듯한
안도감을 주는 거리

이 거리에서 이런저런 생들은
지구의 가장자리로 이미 충분하다

십일월

십일월의 나는 나쁘게 늙어가기로 했다
잊고 있었던 그대가
잠깐 내 안부를 들여다본 저녁
창문을 열면
늦된 날벌레들이 우수수 떨어지곤 했다
절망의 형식으로 이 작은 아파트는 충분한 걸까
한참을 참았다가
뺨이 뜨거워졌다
남은 것들이 많아서 더 슬펐다

낙타가 몇 번 몸을 접은 후에야
간신히 땅에 쓰러지듯
세월은 힘겹게 바닥에 주저앉아
실눈을 뜨고 나를 바라보고 있었다
먼 서쪽으로는
노을이 재처럼 흩어지고 있었다

육군 00사단 교육대
기다란 개인 소총을 거꾸로 들고

내 머리통을 겨누었다
십일월이었다
어머니 도와주세요

미친 듯이 슬펐는데 단풍은 못되게 아름다웠다
신전 같은 산 그늘이 나를 덮었고
난 죽지 못했다

늙고 좋은 놈을 본 적이 없었다
사람들은 젊었을 때만 좋았다

십일월이 그걸 알려줬다

만원 지하철의 나비

우린 나쁜 번호를 뽑았던 거야

지친 밀랍인형들 틈으로
나비 한 마리 날아올랐다
은혜처럼, 혹은
다시 찾은 영혼처럼

언제 왔니
왜 왔니

문득, 어느 안개 속에서
가느다란 나무 사이로
멀어져가던
당신을 생각했다

물웅덩이에 비친
얼굴을 함께 바라보며
물은 악마처럼 검은데
우리만 하얗다고 웃던

그날이 생각났다

점을 찍듯 나비는
내 어깨 위에 내려앉았다
흐트러지지 않은 채
나비는 그렇게
기억을 불러내고 있었다

녹초가 된 채 살아만 있는 지하철에서
나비가 내 어깨를 다독거렸다

슬픈 버릇

가끔씩 그리워 심장에 손을 얹으면 그 심장은 이미 없지.
이제 다른 심장으로 살아야 하지.

이제 그리워하지 않겠다고
덤덤하게 이야기하면
공기도 우리를 나누었지.
시간이 날린 화살이 멈추고 비로소
기억이 하나씩 둘씩 석관 속으로 걸어 들어가면
뚜껑이 닫히고 일련번호가 주어지고
제단 위로 올라가 이별이 됐지.

그 골목에 남겼던 그림자들도,
틀리게 부르던 노래도,
벽에 그었던 빗금과,
모두에게 바쳤던 기도와
화장장의 연기와 깜빡이던 가로등도 안녕히.

보랏빛 꽃들이 깨어진 보도블록 사이로 고개를 내밀 때,
쌓일 새도 없이 날아가버린 것들에 대해 생각했어요.

이름이 지워진 배들이 정박해 있는 포구에서
명치 부근이 이상하게 아팠던 날 예감했던 일들.
당신은 왜 물 위를 걸어갔나요.

당신이라는 사람이 어디에든 있는 그 풍경에서
도망치고 싶습니다. 당신은 지옥입니다.

상수동

강물에 잠겼다 당신

밥솥에 김이 피어오를 때
이대로 죽어도 좋았던
그 시절은 왜 이름조차 없는지

당신이 울지 않아서 더 아팠다
꽃 이름 나무 이름
가득 쓰여 있던 당신의 노트도 늙어갔고

낙서가 경전처럼 빼곡했던
발전소 담벼락과
취기에도 자주 잠이 깨던
강변을 떠나며
아득함에 대해 생각했다

당신
말더듬이 같은 달밤을 두고 갔다 멀리

자취방 옆 키 큰 꽃나무에
밤은 또 쌓였고
잘못 걸려온 전화가
문득 비가 그쳤음을 알려준다

이제 저 강물 속에서
당신을 구별해낼 수 없다

이장

뼈의 입장이 되어버린
어머니의 마음을 생각하다가

이미 알고 있었던 일들이
나를 놀라게 한다는 걸 알았다

모든 예상된 일은
예상치 않게 나를 흔든다
물론 알고 있었다
어머니가 뼈가 됐다는 걸

나는 이장을 후회할 수 없다
다 예상했었고
모든 충격은 파도처럼 왔다 가니까

결심은 파도가 오기 전에 하는 거니까
파도가 가면 후회만 하면 되니까

무덤만 보고 사는 게 의미 없어서

뜨겁게 달려오곤 했던
그리움이
시간이 지날수록 자꾸
밋밋해지고 식는 게
스스로 창피해서

이제 때가 됐다고 생각하고
결심을 하고
어머니를 꺼냈고
다시 만났는데

그녀를 생각만 하다가
이제는 그녀의 뼈를 보는 일
뼈와 처지가 같아져버린
어머니를 보는 일

잠깐 무섭다가
부질없는 바람 탓을 하다가

이 커다란 동산에 뼈로 남은
무수한 존재들을 생각하다가

그나마 뼈로 지탱해준 기억들에게 감사하다가

산을 내려간다

그해 대설주의보

망했다고 생각했던 날들이 떠올랐다
당신,
그렇게 등 돌리고 가서는
어떻게 그 눈[雪] 많은 날들을 견뎌냈는지

세찬 물소리가 혼을 빼가던
강변 민박집에서 눈을 감으면
누군가 떠나가는 소리들이 들리곤 했었지
이른 새벽 구절리로 가는 젊은 영혼이거나
아니면 영월로 야반도주 짐 꾸린 산판 인부이거나

그게 벌써 언제지……
막걸리 잔에 맺힌 이슬이 아래로
미끄러지는 걸 보며 나는 자꾸만
궂은 추억에 체머리를 흔들었다

차부에서 십 리는 걸어야 한다는
고향집 큰 언니는
20여 년 전 그날

돌아온 너를 안아주었는지

여기서 멀지 않았었지
칠 벗겨진 이순신 동상 서 있는
2층짜리 교사가 있었고
별이 막 달려든다고
운동장에서 너는 외쳤지

가뭄 끝은 있어도 홍수 끝은 없다고
우리가 목선에 잠시 태웠던 것들은 이제
어디로 쓸려 갔는지 알 수 없고
자꾸 눈을 감는 내게
훅 하고 집어등 불빛 같은 게 지나갔다

눈발은 두렵게 날리고
체인 걱정을 잠시 하다가
막걸리 잔을 다시 든다

춥게 살았던 날들

춥게 살았던 내 옛 애인에게
차갑게 식은 파전을 집어먹으며
이제서야 말한다
그날이 진경이었음을

교각 음화

어린 시절.
큰물이 쓸려 간 아침,
교각 밑에 살던 거지 소녀가 떠내려갔을까 봐
숨도 안 쉬고 달려갔던 교각
마음 졸이며 달려갔던,
그 슬픈 음화가 생각났다.

병에 걸린 걸까.
엉겨붙은 눈꼽에
눈도 제대로 못 뜨는 고양이들이
짝짓기를 한다.
세상에 다시 오지 않을 거니까
적어도 그것만은 알고 있으니까
공룡뼈 같은 교각 아래서
고양이들은 생을 불태운다.

교각 밑을 걷다 보면
모든 것이 이상하게 음화淫畵로 바뀐다
녹물이 눈물처럼 흘러내린 교각에는

설익은 유서들이 있고
누군가의 투항이 있고
어린 나이에 생을 마친 친구들과
그을린 맹세들이 있다.

스프레이로 쓴 억지스러운 구호 몇 개가
중년의 날 위협하고
이따금씩 덜컹대는 상판에서는
콘크리트 가루가 축복처럼 쏟아졌다.

트랙처럼 뻗어 있는 한강 다리 밑에 숨겨놓은
그 비밀스러운 음화를 지울 수가 없다.
내가 음화였음을.

해변

신은 울었다
새벽부터 밤늦도록 성호를 그었지만
우는 모습밖에 없었다

바다 앞에서
신은 물고기의 형상을 한 채
무한 속으로 사라졌고
그것을 지켜보는 사람들은
닳고 닳은 조개껍질을 물끄러미 바라보다
엉덩이에 묻은 모래를 털고 일어나 삶을 다시 시작했다

신은 또 죽고 있었다

'믿지 마'
비스듬히 날아가는 갈매기가 말했다

사람들은 더는 희망이 없다는 듯
헐한 저녁을 힘없이 먹고
아무 일 없는 악마처럼 태연하게

휴대폰을 들여다보았다
어둠이 왔다
더 이상 죽음이 쌓이면 안 되는데

신의 표정을 잊을 수가 없었다

하늘에 계신 우리 아버지
물고기 같은 우리 아버지
울고 계신 아버지

기억은 나도 모르는 곳에서 바쁘고

변심한 기억은 지금 다른 곳에서 한창 바쁘고
망각은 문자도 보내지 않고

어쨌든 최악이 아니었다는 듯
문자 한 줄 할 줄 모르고

내가 사연을 가지고 있었는지
그 사연에 누가 울었는지
기억은 나도 모르는 곳에서 바쁘고

기억을 조각낸
그 가위는 어떻게 왔을까
실타래를 잘라버린 가위는 어떻게 내게 왔을까

혈관이 따뜻해지는 순간
나는 가위를 들고 또 잠이 들고

잘려 나간 기억들은
어떻게 의문 하나 없이 그곳에서 바쁠 수 있는지

어떻게 잊을 수 있는 거지 장대비를 피하던 낡은 집들
을 항구에 피신했던 목선들을…… 나에게 닿기 위해 놀
라울 만큼 멀리서 왔던 빛을

잠만 들면 내 손에는 가위가 있고
깨고 나면 베고니아의 목이 잘려 있고
내 정원은 텅 비어 있고
기억은 또 날 버리고
기억은 기억들하고만 친구가 되어 있고

망각은 문자도 보내지 않고

구내식당

지하 5층 구내식당에서 혼자 밥을 먹는다

그렇게 시를 지킨다 우리 나이엔 근육량을 늘려야 한
다느니 저금리 시대 가만히 있으면 안 된다느니 이번 인
사가 어땠고 누구 줄을 타야 한다느니……

이런 소식에서 멀어지기 위해

나를 소식에서 떼어놓기 위해 나는 오늘도 구내식당에서

혼자 밥을 먹는다

넷이 앉는 자리에서도 여섯이 앉는 자리에서도 나는
늘 혼자다

그들이 나빠서가 아니다 내가 어느 날 병에 걸렸기 때
문이다 소식이 소화되지 않는 불내성증에 걸린 것이다

내려놓은 젓가락과 식탁의 끝선을 애써 맞추며

뿌리채소와 카레라이스를 씹는다

구내식당 벽에는 교과서에 실린 달달한 디저트 같은
시들이 걸려 있고 나는 마츠 에크의 대머리 백조처럼

오늘도 혼자 밥을 먹으며 외롭고 슬픈 주문을 외운다

무반주

슬픔은 위엄이다

일월에 꽃을 피웠다는 홍매화나무 아래
병색의 노수녀가 서 있다

멀리 잔파도 소리와
그레고리오 성가가 들리는 오후
겨울 햇살은
용서처럼 와 있다

유기견 한 마리 졸고 있는
양잔디 깔린 앞뜰

피뢰침 그림자 끝에
천국 같은 게 언뜻 보이다 말았다

담장 안쪽에선
아무 일도 일어나지 않는다

베네딕도의 손수건이 젖어 있다

새벽 1시

바람이 부는 게
왜 나에게 아픔이 되었는지

아픔은 왜 다시 바람이 되었는지
당연한 이야기를 되묻는 시간
누군가는 영양 한 마리를 쫓고
누군가는 골 세리머니를 하고
누군가는 마약성 진통제를 맞는 시간

소문이 날개를 달고 누군가의 생을 저미는 시간
죽 한 그릇이 누군가를 살리고
사랑이 빵처럼 구워지는 시간

바람이 왜 불지
기억하지 않는 게 좋아
창문은 꼭 잠그고 가능하면 불도 끄는 게 좋아

어떤 대륙은 폭우에 씻겨 나가고
어떤 세월은 날 죽이려고 흘러가고

또 어떤 하느님은 돌아오지 않는 시간

한쪽 다리 없이 뛰어다녔던 청년이 별을 보는 시간
여기저기서 죄를 사하고
한 공기의 늦은 밥을 푸는 시간

내일을 기다리는 사람은 생각보다 많지 않아
당신은 모르지
내일에도 얼마나 많은 종류가 있는지

바람이 분다
새벽 1시의 바람이 분다

당신은 언제 노래가 되지

빼다 박은 아이 따위 꿈꾸지 않기. 소식에 놀라지 않기. 어쨌든 거룩해지지 않기. 상대의 문장 속에서 죽지 않기.

뜨겁게 달아오르지 않는 연습을 하자. 언제 커피 한잔 하자는 말처럼 쉽고 편하게, 그리고 불타오르지 않기.

혹 시간이 맞거든 연차를 내고
시골 성당에 가서 커다란 나무 밑에 앉는 거야. 촛불도 켜고

명란파스타를 먹고 헤어지는 거지. 그날 이후는 궁금해하지 않기로.

돌진하는 건 재미없는 게임이야. 잘 생각해. 너는 중독되면 안 돼.

중독되면
누가 더 오래 살까? 이런 거 걱정해야 하잖아.

뻔해,
우리보다 융자받은 집이 더 오래 남을 텐데.

가끔 기도는 할게. 그대의 슬픈 내력이 그대의 생을 엄습하지 않기를, 나보다 그대가 덜 불운하기를, 그대 기록 속에 내가 없기를.

그러니까 다시는 가슴 덜컹하지 말기.
이별의 종류는 너무나 많으니까. 또 생길 거니까.

너무 많은 길을 가리키고 서 있는 표지판과
너무 많은 방향으로 날아오르는 새들과
너무 많은 바다로 가는 배들과
너무 많은 돌멩이들

사랑해. 그렇지만
불타는 자동차에서는 내리기.

당신은 언제 노래가 되지.

우리의 생애가 발각되지 않기를

사랑이 끓어넘치던 어느 시절을 이제는 복원하지 못하지. 그 어떤 불편과 불안도 견디게 하던 육체의 날들을 되살리지 못하지. 적도 잊어버리게 하고, 보물도 버리게 하고, 행운도 걷어차던 나날을 복원하지 못하지.

그래도 약속한 일은 해야 해서
재회라는 게 어색하기는 했지만.

때맞춰 들어온 햇살에 절반쯤 어두워진 너. 수다스러워진 너. 여전히 내 마음에 포개지던 너.

누가 더 많이 그리워했었지.
오늘의 경건함도 지하철 끊어질 무렵이면 다 수포로 돌아가겠지만
서로 들고 왔던 기억. 그것들이 하나도 사라지지 않았음을. 그것이 저주였음을.

재회는 슬플 일도 기쁠 일도 아니었음을.
오래전 노래가 여전히 반복되고 있음을.

그리움 같은 건 들키지 않기를. 처음으로 돌아가려 하지 않기를.

지금 이 진공관 안에서 끝끝내 중심 잡기를.

당신. 가지도 말고 오지도 말 것이며

어디에도 속하지 말기를.

그래서 우리의 생애가 발각되지 않기를.

시월

혼자 했던 전쟁에서 늘 패하고 있었다. 그걸 시월에 알
았다.

잊을 테니까 아프지 말라고 너는 어두운 산처럼 말
했다. 다시는 육지로 돌아오지 않겠다고 다시는 길게 앓
지도 않겠다고 너는 낡은 트럭에 올라타면서 웃었다.

매미들의 잔해가 마른 낙엽처럼 부서지고 있었다.

마을버스를 세 대나 놓치며 정류장에 서 있었다. 통화
버튼을 누르지는 못했다. 가까워졌다 멀어지는 자동차의
불빛들이 비현실적이라는 생각을 하면서 전화기를 주머
니에 꽂아 넣었다.

세상의 모든 느낌이 둔탁해졌다. 입맞춤도 사죄도 없
는 길을 걸었다. 동네에서 가장 싼 김밥을 팔던 가게 앞
을 지나면서 다가올 날들에 대해 생각했다. 방금 운 듯
한 하늘이 나를 짓누르고 있었다.

어디에는 진눈깨비가 내렸다고 했다. 저만치서 무성했던 풀들이 힘없이 시들어갔다. 실눈을 뜬 채, 담장 너머 검게 목이 꺾인 해바라기밭을 바라보고 있었다.

초봄

초봄은 우스웠다. 탈탈 털어도 나는 혼자였다. 친구들은 맥 빠진 자전거 바퀴처럼 거처에서 버려지기 시작했고 다시 돌아가지 못했다. 어젯밤에는 독주 몇 잔을 마셨고, 별자리처럼 늘어선 알약도 한 움큼 먹었다. 몸을 일으켰을 때 미세먼지 덮인 사거리에서 빛나는 방주 같은 게 하나 솟아오르는 걸 봤다.

귤 파는 노인에게서 얼마간의 삶의 무게를 덜어내고 어떤 여행의 추억을 생각했다. 비틀어 짜낼 말조차 말라 있었고, 푹 꺼진 보도블록 위에서 넘어지며 자멸파처럼 웃었다. 흔쾌하지 않은 길 끝에서 방주가 나를 기다리고 있었다.

50킬로쯤 떨어진 곳에서 아버지가 신을 영접하고 있었지만 내겐 두렵고 어색했다. 아버지의 단어들이여 안녕.

방주에 오르며
탈탈 털어도 혼자여서 나는 웃었다.

빵 가게가 있는 풍경

석양 아래

늙은 노숙자 한 명
물끄러미 빵 가게 안을 들여다보고 있었다

추억이 부풀어 오르고 있었다

지나가는 자동차들
고여 있던 빗물을
뿌려대고

죽음과 무척이나 가까운 화단에선
망설이고
또 망설이다

자목련이 지고 있었다

전철역 삽화

그녀는 간직한다.
전철역에서 죽은 남자들을.

곱게 늙은 여자 걸인이
비닐봉지를 머리에 쓰고 잠든 밤.

그녀의 분비물에서
나비 떼가 날아올랐다.
돋보기 속 꿈틀대는 활자처럼
나비는 그녀를 읽어준다.

그녀의 신전에서
지킬 게 많은 생은
멸시된다.

세월이 흘렀고, 여전히

밤이 되면 비둘기 몇 마리
보안등 아래서

한 주기를 마감했다.

고압선에선 이따금
불꽃이 피어나
금이 간 하늘을 잠시 보여주곤 했다.

북해

영혼 같은 흰 언덕들이
줄지어 서 있었다

어떤 섬에서는 죽은 이들을 돌 속에 가둔다는데
눈을 떠보니 북해北海였다
이별이 얼마나 차가웠는지
두고 온 건 모두 얼어버렸고
나는 백야의 노래를 부르다 울어버렸다
저주했던 것들을 그리워하는 이 취향

백조 한 마리가 날아와
풍향계 속으로 들어갔다

늙지 않았으면 백조가 아니지······

바람은
마을 전부를 바다로 데리고 갔다
날짜변경선 너머로
어린 눈들이 몰려들고

구름을 가르고
복엽기가 지나갔다

바닷가 풍습

마음 크게 먹고 당신을 또 용서하지만
그래서 늘
시시한 일로 돌아가지만

소금을 물에 녹이듯
굴욕을 한입 가득 물고
파도가 지나가기만을 기다려야 하는 순간이 있다

나는 어두운 열매를
눈물 없이 먹을 수 있을 줄 알았고
나는 여전히 당신의 밀도에 녹는다

그래서 늘
녹초가 되어 바다로 온다

거품을 물고 쓸려 와 모래 틈으로 사라지는 것
파도 같은 것
나도 사라지고 기억도 사라지는 것
어쨌든 나는 평생 사라지는 것

파도의 이야기에는 늘
덜 아문 흉터가 있고

바닷가 풍습에 나는 걸핏하면 화를 낸다

열대

이곳에선
무용한 것들에게는 눈물이 나고
유용한 것들은 독수리 먹이로 준다

그 어떤 실망도 없이 강물이
내 앞을 떠나는 것을 보고 있다
어떤 불안도 없다
나보다 더 추한 미래는 알지 못하므로
기록하지 않는 것이 중요하다 강물이 그랬던 것처럼

다른 영혼으로부터 떠내려온 것들에 대해
다른 계절에서 온 것들에 대해
질투하지 않는다.
나는 오직 푸른색의 행렬에 집중한다

입석들이 세워지고

이곳에선 모든 미래가 푸른색으로 행진한다

2부

어느 사랑의 역사

장마철에는 생각도 따라 젖는다.

제방 너머, 그대는 이제 보이지 않게 되었다. 일찍 나온 별이 그대가 걸어간 점선을 알려주지만. 부질없고 가엾다 우린. 앞질러 고해를 해버린 그대도, 언제나 죽어가는 꿈만 꾸었던 나도.

반쯤 눈 감은 저녁이 오고 강은 여기쯤에서 숨을 고른다. 뺨에 난 흉터가 붉다. 잡목 숲 그늘에서 부끄럽게 모자를 벗는 누대의 의식, 혹은 후회.

굵은 강물이 루오의 그림처럼
내 눈썹 위를 흘러
북해로 가고 있었다.

지녔던 모든 것이 북해로 가고 있었다.

24시 해장국

중력이 없는 곳에서 울고 있다는 느낌

스쳐 가는 생각들
순서 없이 파고드는데
시가 아닌 건 없다. 잠들기 다 틀린 새벽
아무것도 남지 않고 시가 남았다.

한기가 심장까지 들어왔던
비바크의 날들과.
죽었는지 잠들었는지 알 수 없는
운 없었던 친구들이
순서 없이 시로 온다.

유리창 가득 성에 낀 24시 해장국집은
영하 13도짜리 먼 나라

입김으로 흘러나온 경전들은
희게 희게 하늘로 간다.
말줄임표가 많은 해장국집

용케 시동이 걸린 첫차는 용역들을 태우고
태엽 장난감처럼
위태롭게 멀어졌다.
기대했던 걸 내려놓았다. 새벽에.

두려운 방

너무 이른 영결식들을 치르며
나는 성당에서 종을 쳤고
촛불을 껐다

두려움과 성스러움, 그리고
어린 성욕에 시달렸다

집에 돌아와 누우면 모든 게 무서워
혼자서 끝말잇기를 하다 잠들곤 했다

축대가 높았던
천변 야트막한 집은
두려운 성전이었다

"이 밤을 쉬어 가시옵소서"
입에서 쓴내가 날 때까지 노래하면

열린 문틈 사이에서
가끔 햇살이 들어와

내 흰 이마를
천국과 지옥으로 나누고 있었다

선 굵은 성화들 사이에서
나는 손을 모으고 서 있었다

신이 이 방을 찾아올지도 모른다고⋯⋯
내가 신에 잘 들어맞기를 기도했다

나는 그 방에서 어른이 되었던가
그 방을 나왔던가?
아니면 아직도 그 방에 있는가?

누구도 그가 아니니까

누구도 그가 아니고
그와 비슷하지도 않으니까

일터에 간 자식이 돌아오지 않거나
수학여행 간 자식이 오지 않은

부모의 마음은 어떤 것일까
말을 걸 수 없을 테고
눈을 볼 수 없을 텐데
밥 먹고
게임하고
늦잠 자는 것도 볼 수 없을 텐데

그건 어떤 걸까
어느 한쪽 편이 완전히 무너진 것이겠지
왜냐면
그가 답을 안 하는 걸 테니까

답이 없는 건

냄새도 소리도 웃음도 없는 거니까
그를 되돌려놓을 수 없는 거니까

몇 날 며칠 바닥을 구르고
몇 끼를 굶고 잠을 안 자도
그는 오지 않는 거니까
부르면 대답해주던
그가 오지 않는 거니까

다른 사람들은
알 수 없는 거니까

가슴이 온통 바닥에 떨어져 깨져버리니까
두 다리로 설 수도 없을 테니까

누구도 그가 아니고
그와 비슷하지도 않으니까

강물에만 눈물이 난다

어차피 나는
더 나은 일을 알지 못하므로
강물이 내게 어떤 일을 하도록 내버려둔다
아무런 기대도 없이
강물이 내게 하는 일을 지켜보고 있다
한 번도 서러워하지 않은 채
강물이 하는 일을 지켜본다

나는 오직 강물에만 집중하고
강물에만 눈물이 난다
저 천년의 행진이 서럽지 않은 건
한 번도 되돌아간 적이 없기 때문일 것이다
도시를 지나온 강물에게
내력을 묻지 않는다
모두 이미 섞인 것들이고
이미 지나쳐버린 것들이고
강변에선
묻지 않는 것만이 미덕이니까

강물 앞에서 나는 기억일 뿐이다
부정확한 시계공이 가끔 있었고
뜻하지 않은 재회가 있기도 하지만
강물의 행진은
이유를 묻지 않은 채 계속된다

강물이 나에게 어떤 일을 한다는 것
한 번도 서럽지 않다는 것
내가 기억이 된다는 것

트랙

이번 생이 잠시 휴식하는 동안
어떤 노래도 들려오지 않는다
트랙은 숨 한번 멈출 줄 모르고

발작적인 음표들이
행군하는 개미 떼처럼
트랙에 잔뜩 붙어 있지만

노래가 될 놈은 없다
개미에게 피를 빨려야 어른이 되는 인디오 풍습처럼
트랙은 피를 먹어치울 뿐

트랙은 노래하지 않는다
왜냐면, 오늘 트랙은
노래를 할 수 없는 마음이니까

오늘도 트랙엔
죽어 눈처럼 내리는 음표들
트랙은 손 한번 흔들어주지 않고

어떤 해는

트랙이 아닌 곳에 더 많은 노래가 내리기도 했다

그해에는

적절치 않은 음표들이

자신의 처지를 저주하다

무한대로 아름다워지곤 했다

애인에게는 비밀로 하겠지만

첫사랑 애인에게 이 말을 하지는 못하겠지만
그때도 말하지 못했고, 지금도 말하지 못하지만
"사랑은 식어"

설명할 수 없이 높이 난다는 새들도 식어서 떨어질 때
가 있고
그러면
뜨거워진 다른 새가 또 날아오르고
그 새는 예전의 새를 기억하지 못하고

"식으면 다시 시작되는 거야 새들처럼"
애인에게 이 말을 할 수는 없지만

(답장이 없자 애인은 어머니를 찾아갔지 어머니는 세
월 가면 아무것도 아니라며, 믹스커피를 먹여 보냈지)

며칠 후
알약이 바닥에 흩어지고
애인은 북회귀선으로 가는 비행기에 올랐지

흉터는 남았지, 지금 생각해보면
그때 떨어져
깨어진 자리가 내 자리였을지도 모르지

인생이라는 건
식어서 떨어진 새들만이 아는 걸까

"사실은 오늘도 당신에게 날아가고 싶었다"고
끝내 애인에게 이 말을 하지는 못하겠지만

역전 스타벅스

아침이면 지정석이 채워진다 커피는 주문하지 않는다 이곳은 시험장처럼 조용하고 역대급 사연들이 눈을 깔고 회상에 잠겨 있다 알바생이 지나가면 헛기침 소리가 들려온다 한 두어 달 말 한마디 안 했을 것 같은 얼굴들이 찰흙처럼 앉아 있다 어깨를 버리고 온 사람들은 누구하고도 눈을 마주치지 않는다 세상이 당장 멸망할 것 같지만 문만 열고 나가면 세상은 여전하다 세상은 여기서만 무겁다 간혹 누군가 가벼워졌다는 소식이 들리지만 확인할 수는 없다 이내 먼지가 소식을 덮는다

해가 중천에 뜨면 밀랍인형들이 일어나 노파의 주름 닮은 골목으로 사라진다
선캄브리아기 생명체들이 바다를 떠나 세상으로 기어오르는 것이다

절창

마신 물이 다 눈물이 되는 것은 아니므로.

늦은 지하철 안에서 깊은 신음 소리가 들렸다. 휠체어에 앉은 남자가 포유류가 낼 수 있는 가장 깊은 소리로 신음하고 있었다. 경전 같은 소리였다. 절박하고 깊은…… 태초의 소리였다. 삶을 관통한 어떤 소리가 있다면 저것일까. 일순 부끄러웠다. 나는 신음할 일이 없었거나 신음을 감추었거나. 신음 한번 제대로 못 냈거나…… 그렇게 살았던 것이었다. 나는 완성이 아니었구나. 내게 절창은 없었다. 이제 내 삶을 뒤흔들지 않은 것들에게 붙여줄 이름은 없다. 내게 와서 나를 흔들지 않은 것들은 모두 무명이다. 나를 흔들지 않은 것들을 위해선 노래하지 않겠다. 적어도 이 생엔.

발인
— 테라코타

종일 울던 바다가
다른 세상으로 가고 있었다.

　남쪽을 보고 누운 운구 버스에선 무지개 빛 기름이 흘러나왔다. 겨울보다 추웠던 삼월. 착着을 끊으려 마셨던 술은 상해버린 세월만큼이나 시큼했다. 적벽돌로 지은 교회당 앞. 광녀 한 명이 뛰어가고 있었다.

　아이들의 귓불은 아직 붉었고, 억센 근심들은 무너진 담벼락에 앉아 담배를 피웠다. 좁은 어깨들이 들썩일 때마다 생은 한 뼘씩 멀어졌다. 당신과 나는 가여웠다.

　내리 사흘 뒷산이 울면 재앙이 온다는 마을. 목선 깃발이 귀신처럼 서 있고, 파도에 몸을 씻은 날들이 투명한 유리 조각처럼 부서져 있었다.
　수부의 눈은 여전히 검고, 아직 경계를 넘어가지 못한 슬픔이 먼바다에서 왔다는 새들과 함께 그물에 걸려 있었다.

보낼 수 없는 옛날이
흰 운동화를 신은 채 흐려졌다

80년대

애인은 불법 개조한 3층에 살았다

옆방에선
커다란 무대의상 가방을 들고 귀가한 여자가
노래방 테이프를 틀어놓고 새벽 내 울었다

잠이 깬 나는
쥐 오줌으로 얼룩진 벽지 위에
"들뜬 피"라고 적었다
신도 가난뱅이일 것이라는 생각을 했다

해가 중천에 뜨면 애인은
사발면에 물을 붓고 나를 깨웠다
창문을 열면 북국의 바람이 폐 속으로 들어왔다

자취촌에는 사복들이 서성거렸고
밥 타는 냄새가 나던 어느 저녁
나는 원고지 칸을 무시한 채
짐승의 시간들을 적어야 했다

돈이 생기면 아나고회를 사 먹었다
애인은 젓가락 끝으로 초고추장을 찍어 먹으며
동백이 지천이라는 고향 섬 이야기를 했다
그러고 나면 애인은 한 사나흘 아팠다

지리멸렬했다
도서관에서 훔쳐 온 책을 재독하거나
너덜거리는 속옷을 빨고 또 빨았다
가끔 크고 붉은 우표가 붙은 엽서가 배달됐다

저녁마다 우리는 패배만 했다

나는 좆도 아니었다.
나는 좆도 그 무엇도 아니었으므로
봄날은 갔다고 말하지 못한다

도무지 되는 일이 없었던 우리는
늘 깊게 잠들지 못했다

경원선 부고

우리 친구 ○○가 스스로 생을 마감했다.
많이 힘들어했는데 결국 우리 곁을 떠나게 되었구나.
다들 와서 ○○가 마지막 가는 길 지켜주었으면 좋겠다.

빈소 - 경기도 양주시 평화장례식장 4호실
발인 - 6월 24일 (화요일)

점심 뭘 먹지?
이런 고민을 할 때 문자를 받았다.
경원선이 지나던 둑길이 생각났다.

폐수에 빠진 새를 건져낸 날이 있었다.
어른들은 갖다 버리라고 난리였지만
그렇게 할 수가 없었다.
이미 눈을 맞춘 새를 포기하기 싫었다.

푸른빛이 도는 생전 처음 보는 새.

우리는 '파랑새'라는 이름을 붙여줬고
개구리를 잡아 먹였다.

새는 덩치는 커졌지만 눈은 슬퍼졌다.
어른들은 그랬다.
"철새는 제때 못 날아가면 제풀에 죽는 거야."
그날부터
우리도 따라서 슬퍼지기 시작했다.

새가 죽던 날.
취학 통지서가 배달됐다.

녀석의 부고가
나를
하루 두 번 무개화차가 지나던 철길로 데려갔다.

소년 記

그 며칠 동안
세상의 슬픈 노래는 우리 동네에 다 있었다
옆집에선
키울 수가 없는 강아지들을
개장수에게 팔고 있었다
남은 강아지와 떠나는 강아지들이
담장을 사이에 두고 한참을 울어댔다
그 울음소리가 자꾸 들려서
잠을 편히 잘 수가 없었다

간신히 통잠을 자기 시작할 무렵
진석이네 누이가
병원도 못 가보고 통통 부은 채 죽었다.
소년원에 갔던
동네 아이들 몇 명은
이만큼 커서 돌아왔다
복이라곤 없는 녀석들은
열여덟도 되기 전
폐를 앓기도 하고

손가락이 잘리기도 하고
아픈 아이도 낳고 그랬다

그 며칠
미군 부대서 흘러나온
낡은 오르골에선 매일 똑같은 음악이 흘러나왔다
여자애들 몇은 동두천으로 의정부로 갔고
그걸로 끝이었다
우리는
싸늘한 평상에 누워 오지 않는 친구의 이름을 불렀다

구름은 달아나기만 했고……

당신의 빗살무늬

당신이 오라 해서 숲에 들어왔습니다.
이끼 위에 남은 당신의 발자국과
자작나무 가지에 걸린 당신의 머리칼을 따라왔습니다.
하지만
잊힌 무덤 몇 개
잡초에 파묻힌 곳에서
당신을 잃었습니다.

무섭고 신비스럽습니다.
자작나무가 슬프게 떠는 숲
빗살무늬 앞에 섰습니다.
죄 많은 빛과 어둠
무늬가 된 세월들
사선으로 내려오던 참회가
어느새 모여 바람이 되고
그 사이로 잘게 찢겨 들어온 기억들이
연서들로 쌓이는 동안
당신의 이름은 흩어집니다.
사선으로 들어온 상처들을 다시 살펴보지만

나를 호명하지 않습니다.

당신은 이 숲 어딘가에서
저 사선으로 내리꽂는 차가운 빗살무늬로 서 있겠지요.
빗금처럼 서 있겠지요.

당신에게 묻습니다.
어쩌면 당신은 전생이었나요?

내 뒷모습

다른 사람 카메라에 찍힌
내 뒷모습을 보며
피할 수 없는 운명이 있다는 생각을 한다

하필 왜 그때 너는
하얀 부표처럼
천변에 서 있었는지
왜 하필 장마였는지

또 수년이 흐른 오늘
쏟아지는 비를 보며 생각한다

왜 하필 그날 절룩거리는 운명이
송곳니처럼
내 목을 죄어왔는지

취중에 휴대폰을 만지작거리다
눈 끝이 뜨거워지는 나는
이생에서 또 이렇게 상스럽다

체머리 흔드는 벌을 받으며
왜 또
술잔을 받아 드는지
두 시간째 빗줄기를 바라보며
자꾸만 생각한다
운명이 어느 순간을 만들었고
그 순간들이 내 오랜 뒷모습이 됐음을

죽은 소나무

나는 무엇을 보고 흔들리는 걸까
죽은 소나무
그 끝에 붉게 달려 있는 솔방울
그 끝의 바람
혹은 새
아니다 나는 죽은 소나무가 가져온
기억에 흔들리고 있다

해 뜨는 쪽이 아닌 곳으로
팔을 뻗었던 소나무가 있었다
그게 운명이었는지 실수였는지
저항이었는지 모르지만
소나무는 죽었다

이해할 수 없는 죽음은 많다

살아남은 자들은 자유롭기 어렵다

그래도 저 소나무는

죽어서 십 년을 간다
그 자리에서

죽은 소나무들이 자유로운
그 비탈에 서 있었다

눈의 사상

사람 사는 마을을 저주했는가. 신념은 인간적이어서
문제다. 기록적인 폭설 앞에서 신념은 금세 칼을 거둔다.
신념의 칼을 거둔 대신 길 위에 서 있는 것. 그것만으로
도 열반은 됐다고 생각한다. 칼집에 넣어버린 것들에게
이유를 묻지 않기. 눈의 사상이다. 사납게 상처 난 얼굴로
제설차 한 대 천천히 지나간다. 기다렸다 쏠려 가는 것들.
가로등 앞에서 오늘 밤에 버린 신념과 걸어가야 하는 길
을 생각했다. 어깨 처진 가로수 사이에서 폭설이 만들어
낸 열반을 바라보며 서 있었다. 신념은 칼집에 들어가고
눈은 내리고……

용궁설렁탕

어제는 자랑이었을 것들이 치욕이 되어간다
휴대폰을 만지작거리다 결국
용궁설렁탕에 간다
상처 입은 남자들의 지친 등이 용궁 안에 가득하다
청테이프 붙인 유리창은 입김으로 하얗고

어떤 의식처럼
숟가락만이 오르내린다

용궁에선
누구나 아프기에
아픔을 밖으로 꺼내지 않는다

나이를 먹어도
세상은
알 수 없는 일들 천지고

세상의 한편
용궁설렁탕

이별의 서

우리가 할 수 있는 일은 없었지
서로를 가득 채운다거나
아니면 먼지가 되어버린다거나 할 수도 없었지
사실 이 두 가지에 무슨 차이가 있는지도 알 수 없었지

한 시절 자주 웃었고
가끔 강변에 앉아 있었다는 것뿐

그사이 파산과 횡재와
저주와 찬사 같은 게 왔다 갔고

만국기처럼 별의별 일들이 펄럭였지만
우리는 그저 자주 웃었고
아주 가끔 절규했지

철로가 있었고
노란 루드베키아가 있었고
발가락이 뭉개진 비둘기들이 있었고
가끔 피아노 소리가 들렸고

바람이 많았지

반은 사랑이고 반은 두려움이었지
내일을 몰랐으니까
곧 부서질 것 같았으니까
아무리 가져도 내 것이 아니었으니까
어떤 단어도 모두 부정확했으니까

생각해보면
너무 많은 바람, 너무 많은 빗물
이런 게 다 우리를 힘들게 했지

우리의 한숨이 너무 깊어서
우리는 할 일을 다한 거 같았고
강변에서 일어나기로 했지

기뻐서 했던 말들이
미워하는 이유가 되지 않기

환멸의 도서관

구원이 오고 갔던 날들이 있었으나 그것은 무뎌졌고 버려진 기름통 위에서 시조새 한 마리 앉아서 울고 있었다.

사람들이 책을 읽지 않는 건 진화의 증거다. 어느 날 두 발로 일어섰고, 어느 날 양을 키우기 시작했고 어느 날 페니실린을 먹기 시작한 것처럼. 사람들은 책의 말을 하지 않을 것이다. 너무나 오래 책의 말을 해왔으므로 책 밖은 아직 위험할 테지만…… 활자는 부서져 먼지가 된다. 사람들은 슬프지 않다. 진화가 더 커다란 이야기이므로.

책 안의 사람들은 책 밖에서 학살될 것이다. 거리에 내걸릴 것이다. 그 순간 대도서관은 끔찍하고 냉정한 타자가될 것이다. 사라지는 것에 이유는 없다. 검은 글자 몇 개지층 속에 들어가 남겠지만 계시는 더 이상 없을 것이다.

그리워하지 말 것

세상은 작자미상이 될 것이다.

세상의 액면 2

　노년기 산 능선에 걸린 구름. 시효 지난 현수막의 마지막 분투. 피뢰침에 걸린 직박구리 깃털과 그보다 가벼운 이데올로기. 위태롭게 쌓아놓은 호프집 의자에 반사되는 생.

　매일 찾아오는 영안실. 지루하고 가난한 것들에게 자비를. 너의 상처로 나를 살게 하라. 도시여.
　그렇게 살아남은 자의 손에 들린, 2천 원짜리 테이크아웃 커피를 스쳐 가는 햇살.

　경광등 앞의 생.

산새

존재한다면 생멸하지 않는다.

겨울날 종루 밑 돌계단에
산새 하나
완벽하게 죽어 있다.
그래서 완벽하게 유효하다.
늘어지지도 않고 피 흘리지도 않고
아파하지도 않고
죽어 있다. 유효하다.
죽었는데 죽음이 아니고
살았는데 삶이 아니다.
죽음처럼
부스스하지도
죽음처럼
부어 있지도 않다. 삶처럼 뜨겁지 않고
삶처럼 거짓되지 않고, 삶처럼
의존하지 않는다.
죽었는데
유효하다.

생멸하지 않았으니
존재한 것이고
존재하는 것이고

멈추어서 자유로운 것이고

산 31번지

숨이 턱에 차오르게 파란 대문집 앞에 서면 채송화
핀 담벼락에 가끔 덜 여문 연서 같은 게 적혀 있곤 했습
니다 부끄럽게 부끄럽게 늦게 핀 능소화 한 송이가 맨
발로 소나기를 맞고 서 있는 오후 비가 그치면 성치 않
은 비둘기들 모여 있는 슈퍼 앞 흙탕물에는 비틀린 무
지개가 선물처럼 떠 있었습니다 멀리 보이는 공사장 크
레인이 얼마 남지 않은 골목의 날들을 알려주지만 올해
도 아이들은 손톱에 봉숭아 꽃물을 들였습니다 무명의
날들은 그렇게 수챗구멍으로 빨려 들어가 기억도 없이
가버렸습니다

불콰한 실직자들 낙과처럼 떠도는 산 31번지 그래도
가끔은 공놀이하는 아이들 얼굴에 천사들이 왔다 가곤
했습니다

3부

이별은 선한 의식이다

죽었다 살았다 하는 깜박이는 보안등 아래서 얼굴 반쪽이 있다가 없기를 반복한다. 이별처럼 선한 의식이 있다니. 나는 오늘 감사하다. 너를 영원히 알 수 없었으니 또 감사하다. 소음처럼 지겨운 직박구리의 울음소리를 들으며 사랑은 식어간다. 무엇인가를 위해서 울지는 않았다. 오직 남겨질 나를 생각했고

내가 식어가기를 기다렸다. 보안등 아래서. 몇 개의 맹세와 몇 개의 수식과 복잡한 네거리를 통째로 식혔다.

주머니에 손을 넣고
주문처럼 흔들렸다.

식었으니 편안하다.

생은 가엾다

중국집에서 혼자
단무지를 씹으며 생각했다

한파주의보가 내린 날 저녁
기억의 판화로 남은
제행무상의 보살들을 생각했다

5·18 나던 해 광주로 전학 간
점집에 살았던
아이는 지금도 노래를 잘할까
소풍날 흑백사진은
지금도 웃는데
병 때문에 하루 걸러 학교에 못 왔던
그 아이는 지금 살아 있을까
살아서
그 소풍을 기억할까

꼬리연 잘 만들던 전쟁고아 아랑
파편에 맞아

흉 진 얼굴에 다리 불편했던 아랑
키워주던 어른 죽고
앵벌이에게 끌려갔다는
그는 어떻게 됐을까
사랑도 미움도 없이 성자처럼 죽어갔을까

그들도 나처럼
어느 헐한 저녁
혼자 단무지를 씹고 있을까

가여운 생을 씹고 있을까

흡혈 소년

마을이 자기를 버리자
소년은 죽음과 친해졌다

소년이 피 맛을 알기 전
마을에는 이발소가 있었고
귤나무가 있었고
나룻배가 있었고
우동집이 있었고
소녀가 있었다

피는 따뜻했고
무거웠다

소년이 피와 친해지면서
이발소가 사라졌고
귤나무가 사라졌고
나룻배가 사라졌고
우동집이 사라졌고
소녀가 사라졌다

그리고
마을이 사라졌다

어느 날
백발의 노인이
다리 위에서
강물을 내려다보고 있었다

울고 있었다

눈물이란 무엇인가 2

악마가 아무리 검다 해도
눈물은 악마보다 힘이 세고
눈물은 모든 곳에 있다

어떤 음악의 첫 소절만으로도
눈물은 충분히 흐른다

눈물이란 그런 것이다
무한 속으로 사라지는 한 컷
누구나 흘리는
대책 없는 생의 밀도

한적한 골목
자전거에 실려 가는 파 한 단 앞에서도
허물어진 폐가 귀퉁이
버려진 앨범 앞에서도
눈물은 충분히 흐른다

무방비 도시

바다로 가는 길을 아니?

빗속에서
소녀가 떨고 있었다

오그라든 어깨 위로
목숨 같은 가로등이
가끔씩 반짝였다

남쪽에서 온 시든 열매들이
세 개 5천 원에 팔리고 있었다

깡통에 피운 장작불이
꺼져가는 거리

덜 자란 슬픔이
저 혼자
하늘로 가고 있었다

무반주 4

새들이 날아와
가장 작은 집 지붕에 앉았다

그날 밤

별에서 온 빛이
금이 간 유리창에서
바르르 떨다가
잠든 사내의 옆구리로 스며 들어갔다

어디선가
단조 하모니카 소리가 들렸다

봄밤은
웃음인지 울음인지 모를
가느다란 숨소리로
채워졌다

LPG통 다정하게 서 있는

뒤뜰에선
올해 첫 꽃을 내민 백목련이
병자처럼
흔들리고 있었다

무반주 3

행복하냐고 물을 때마다
바닥에 침을 뱉는

골 깊은 얼굴들
재개봉관에서 나와
수줍은 밥집에 모여
백반을 먹고

밤이 오면
금이 간 보안등 아래
어깨 없는 아이들이
그림자놀이를 한다

두려운 것은 어둠이 아니라
어둠 속 인간이다

자정이 되면
다행스럽게
그날의 신神이 태어나고

종주먹을 쥔 아이들은
한 손에 빵을 들고 코피를 닦는다

이곳에서 희망은
목발을 짚고 집으로 돌아온다

나일강변

닻을 내린 마을에서 신들의 손을 잡고 한나절을 놀았다. 신이 주인인지 당나귀가 주인인지, 감당 못 할 모래바람은 약속들을 먼저 지웠다. 먼지에 갇힌 채 신과 함께 통째로 잊히는 마을. 나는 판결문 앞에 선 사람처럼 고개를 숙였다. 나일은 아무렇지도 않다.

앞에선 눈물이 뒤에선 망각이 흐른다. 삶에 대해서 나는 알지 못한다. 상처에 대해 알 뿐. 오늘 나일의 물결에 잠긴 밤과 시든 대추야자 나무에 깃든 정령들과 석관으로 들어간 룩소르의 사연들을 잊을 것이다.

노을과 일치를 이루는 기도 소리는 은밀한 방식으로 향기를 풍긴다. 포옹하듯 그 향기는 여행을 덮는다. 강을 보고 하늘을 보고 새들을 보고 신전을 보고, 다시 세월을 보고 삶을 보고 죽음을 본다. 나일이여 망각이여.

시어들

말들이 아팠고 말들이 거지였고 말들이 광장이었다

연못이 있었고
PC방이 있었고
이별이 있었고
역병이 있었다

미끄럼틀이 있었고
죽음이 있었고
버스가 있었고
포플러가 있었다

말들이 있었고 말들이 날아다녔다
말들이 얼어붙고 말들이 묻혔고 말들이 발견됐다
말들이 지쳤고 말들이 괴물이었고 말들이 죽었다

기다림이 말을 먹고
바람이 말을 먹고

처형이 있었다

추억, 진경산수

오늘의 참회가 어제의 참회를 덮고 있었다
비가 온다고 했는데 오지 않았다
지상은 이다지도 슬픈데 하늘은 높기만 했고

들어봐, 지층에 갇혔던 노래가 흘러나와

마르고 말라서 부서진 날들이 있었고
그걸로 끝이었다
우린 악다구니만 쓰다 말았고
여전히 참회록을 쓰고
개 같은 날들도 모이면 추억이고
결장 날아간 소설인데
폐광에서 들려오는 이 비명은
왜 여전히 우리 옆에 있는지

이젠 선도 악도 잘 모르겠어

박해가 있었어
우리를 밟고 지나간 것들

밟아서 우리를 살게 한 것들이 있었지
우린 짓이겨진 채로 살았고
단세포의 절실함으로
우리의 피로 진경을 그렸지

기억하는 자가 되지 않았으면 좋겠어

우리가 뭘 할 수 있었겠니 한심해지는 거 말고
묘사하는 건 가짜라 믿었던
그 시절 시에는
싸우다 지친 것들만 남아
용서받지 못할 냄새를 풍기고 있었지

염력이 생기기를…… 안녕

해협

세속적인 연서 사이에 내가 있다
운하에서 썩어가는 물냄새가
오래된 지혜를 알려준다

너의 눈물만이
너를 이긴다

완벽한 구도 안에서
노을을 붙잡느라 정신없는 사람들은
자신의 수치를
베껴 쓰고 있는 것이다

절벽을 뛰어내리는 사람들이
이 저녁엔 이해가 된다

노을 속에서 걸어 나온 이야기들이
주둥이가 좁은 병 속으로 힘겹게 기어 들어간다

갈매기의 붉은 눈이

오후에 죽은 고양이의 위치를 알려주고

맨 처음에 온 어둠을 껴안기 위해
나는 노을 속 해협을 바라봐야 하는
벌을 받는다

그런 식으로 바다는
내가 노을 속에서 태어났다는 걸
미신처럼 믿게 만든다

지옥에 관하여

때로는 사람이 지옥을 찾지 않고 지옥이 사람들을 찾기도 한다.

두려움일 수도 가엾음일 수도 있고, 두통이거나 복통일 수도 있고, 이렇게 지옥의 목소리가 사람들을 찾아오기도 한다.

나는 불타고 싶구나.
모르는 언어로 말하고 싶구나.
미리 지옥을 보지 않겠니.

고통에는 크기가 없듯이. 이곳에서는 신을 보기 위해 같은 노래를 여러 번 부른다.

그래도 그들을 견디게 하는 건
몇 장의 고증된 그림들과 진중한 건반들이다.

지옥이 두려운 사람들

누군가는 오른손에서 빛이 흘러나왔다고 하고, 누군가는 물 위를 걸었다고 했고, 누군가는 갈라진 하늘에서 소리가 들렸다고 했다.

착각이 시작됐다.
지옥은 오는데
아직 그는 오지 않았다.

21세기

비는 오지 않을 것이다
악마가 묻는다
꽃나무를 심었냐고

비는 어리석고
비는 오지 않을 것이다
초승달 모양의
마른 저수지 바닥에서
먼지가 피어올랐다

산의 어깨 위에서
비가 되지 못한 것들이
굴욕을 견디며 웅성거린다

비는 오지 않을 것이다
새에 대하여
저녁에 대하여
꽃나무에 대하여
비는 약속하지 않을 것이다

비는 체념이다

나는 몇 시간째 생을 내려다본다

침대의 시

그리고 지옥처럼 어둡다.

새 한 마리가 창틀에서 도망가지 않는다. 새들은 이미 영혼이니까. 낡은 구형 헤드폰에선 재판장의 선고 같은 음표들이 들려온다. 이 일은 사실 카펫의 무늬처럼 다 준비된 일이었다. 나만 몰랐을 뿐. 조명들이 스승처럼 근엄하다. 나는 간호사에게 음악을 바꿔줄 것을 요구한다. 그리고 아주 긴 어둠. 화질이 좋지 않은 영화 몇 편이 지나간 후. 공중부양하듯 다가온 사람들이 나를 앞에 두고 단어 맞추기를 한다. 유년의 기차에서 죽은 어머니가 내린다. 바오로야! 어여 가자. 땅덩어리처럼 무거웠던 검은 잠은 느린 안개처럼 방 안을 오래 떠돈다. 이 방에선 단순한 복음이 이런 식으로 계승된다.

굴욕을 배우는 일, 착하게 망하는 일.

나는 환幻에게 감사한다.
이제 일어나야지.

상하이 올드 데이즈
— 김염에게

슬픈 것들은 해로웠다
이따금 폭발음이 들리는 날이면
바지선 옆으로 어린 시신들이 떠올랐다
그런 밤
깃털처럼 가볍게 날아오르던 노래와
운하를 떠다니던 인화지
그 위의 눈웃음

허물어진 조계지 선창엔
가마우지가 화석처럼 앉아 있었다
너무 늦어버린 불빛들이
흐르다가 서로 어긋났다
빛이 부서지는 한가운데
남자가 서 있었다
반듯한 이마에 상형문자가 아른거렸다

그대 살아 있으라 죽지 말고 살아 있으라
피라도 살아 있으라

시립 화장장

다만
굴뚝 뒤편에선
새 몇 마리 날아올랐을 뿐

곤란한 일은 없다

전광판 숫자는 끊임없이
누군가 흙이 됐다고 알려주고

분골실 옆 벽에 기대
소녀 하나 울고 있다

시립 화장장

사선으로 들어온 햇살이
이승과 저승을 나누고

창밖
플라타너스 나무에선

툭툭
나뭇잎들이
폐족처럼 떨어지고 있었다

계시
— 빌 에반스

천해지는 것이 가장 쉬웠고
아름다웠다

몰려온 노을이 장작 같은 소년들을
어둠 속에 감추자 이내
연주가 시작됐다

세계는 그림자에 지나지 않는다고

간혹
희미하게 별이 뜨기는 했지만
이곳에서 별은
덜 익은 앵두알보다도 가치가 없다

찢어진 선거 벽보나
플라스틱 쓰레기통
가끔 풀잎 위에 떨어지던
핏방울
놀랍지도 않은 사건들

전갈자리 세력이 강해질 때
소년들은
이미 불행을 염탐했지만
도망갈 재주는 없었다
죽는 날까지 가져갈 대여섯 명만 아는 비밀

그래도 이곳에선
밤이 되면
지나친 결투가 가끔씩
음표로 바뀌곤 했다

패배

학창 시절 나와의 주먹질에서 패배했던 친구가
차에 치여 죽었을 때
난 알았다 내가 진 것이었다

상갓집에서 육개장을 앞에 놓고
맥없이 젓가락을 만지작거리며 생각했다
눌러도 고개를 드는 오래된 죄책감에 대해

누구에게 말 한마디 못 하고
혼자 미안해하다
다시 영정 사진을 올려다봤다
속엣말로 미안하다고
사실은 내가 졌다고
독한 척했던 내가 사실은 더 겁쟁이였다고

아직 앳된 상주의 어깨를 다독이며
상갓집을 걸어 나오다
원했든 원치 않았든
절대적으로 흘러가버린 시간들을 떠올렸다

그때 그 친구의 얼굴 표정이 지금도 기억이 난다
득의양양한 나를 올려다보던
그 영양의 눈빛
그날 나는 사악했다

상갓집을 나와 걷는 길
등 뒤에서 찬바람이 오고
기억들이 폐지처럼 몰려 날아다니고 있었다

강변 비가

사람들은 폭죽처럼 흩어졌고
아침이면
비가 내렸다
불어난 강물은
어느 시대의 소금 기둥을 녹이고 흘러왔는지
잠들지 못한 사람들의 머리맡에
바싹 다가와서 속삭였다

강을 보지 마라

사사받은 슬픔 속으로 들어가 불편하게 누웠다
버려진 스티로폼이
조각구름처럼 떠가고
그해 여름
아이들은 여전히 태어났다
먼 별일수록
더 빨리 멀어지고

다시는 강을 보지 마라

어떤 슬픔은 이제 막
커다란 소금 기둥을 녹이고 있었다

하얀 당신

어떻게 검은 내가 하얀 너를 만나서 함께 울 수 있겠니

죄는 검은데
네 슬픔은 왜 그렇게 하얗지

드물다는 남녘 강설強雪의 밤. 천천히 지나치는 창밖에 네가 서 있다 모든 게 흘러가는데 너는 이탈한 별처럼 서 있다 선명해지는 너를 지우지 못하고 교차로에 섰다 비상등은 부정맥처럼 깜빡이고 시간은 우리가 살아낸 모든 것들을 도적처럼 빼앗아 갔는데 너는 왜 자꾸만 폭설 내리는 창밖에 하얗게 서 있는지 너는 왜 하얗기만 한지

살아서 말해달라고?

이미 늦었지
어떻게 검은 내가 하얀 너를 만나서 함께 울 수 있겠니

재림한 자에게 바쳐졌다는 종탑에 불이 켜졌다

피할 수 없는 날들이여
아무 일 없는 새들이여

이곳에 다시 눈이 내리려면 20년이 걸린다

독

독毒은 누군가 반드시 먹어봐야 한다
그래야 독이 된다
독은 누군가 죽었을 때
비로소 독이 된다

다행이다
모든 사람이 죽을 필요는 없으니까

기껏 스무 해밖에 살지 못한 고아 청년이
노수녀에게 '엄마'라고 외치며 죽었다

그가 들었던 독배
그 독을 생각한다
그 독 덕분에 우리는 오늘도 살았다

독을 먹지는 않았지만
나는 오늘 잘 산 것 같다
왜냐고
참패했으니까 누군가 나를 이겼으니까

나는 어제도 잘 살았다
한심했으니까
나를 이긴
누군가를 살고 싶게 했으니까

어디서 왔는지 모를
새 한 쌍이
지난여름에 죽은 느티나무에 둥지를 틀었다

중심에 관해

중심을 잃는다는 것
어디서 나타났는지 모를 회전목마가
꿈과 꿈이 아닌 것을 모두 싣고
진공으로 사라진다는 것

중심이 날 떠날 수도 있다는 것
살면서
가장 막막한 일이다

어지러운 병에 걸리고서야
중심이 뭔지 알았다

중심이 흔들리니
시도 혼도 다 흔들리고
그리움도 원망도 다 흔들리고
새벽에 일어나
냉장고까지 가는 것도 어렵다

그동안 내게도 중심이 있어서

시소처럼 살았지만
튕겨 나가지 않았었구나

중심을 무시했었다
귀하지 않았고 거추장스러웠다
중심이 없어야 한없이 날아오를 수 있다고 생각했으
니까

이제 알겠다
중심이 있어
날아오르고, 흐르고, 떠날 수 있었던 거구나

남겨진 방

용인 화장터 화구에 당신을 밀어 넣고 온 날

아무렇게나 벗어 던진 신발처럼
당신이 끝을 보낸 방에서
반나절이나 엎어져 있었어요
과묵한 후배는 자꾸 어디론가 나가선
소주를 두 병씩 사 들고 왔어요

오래전에 말라 죽은 화초들과
커튼을 뚫고 들어오는 햇살이 만든
손금 닮은 무늬와
순장된 유물처럼 흩어져 있는 고지서들

돌아갈 때를 놓친 새처럼
당신의 방에 앉아 들어요
모든 게 분해될 때나 들릴 것 같은
신비스러운 이명耳鳴을

방 한가운데까지 치고 들어온 햇살은 성스럽기만 하고

영혼 한 개
먼지에 섞여 하늘로 올라가는 게 보여요
뭘 챙기고 뭘 버려야 하는지
그걸 알 수 없어서 우린
자꾸 눕기만 하고

창밖 주인집 사철나무 잎은
계시처럼 반짝이고

이곳에선 모든 미래가 푸른빛으로 행진하길

박형준
(시인)

허연의 시를 처음 읽던 때

연이의 시를 처음 읽던 순간을 기억한다. 1991년 『현대시세계』에 발표된 등단작 「권진규의 장례식」 외 일곱 편의 시를 통해서였다. 그때가 겨울이었던 것 같다. 그리고 내가 그에게 전화를 걸었던 것 같다. 목소리를 듣고 싶다고, 시가 좋다고. 우리는 그때 스물다섯이었고, 갓 등단했고, 이념이라는 바윗덩어리가 갑자기 어디론가로 날아가고 난 뒤, 그 자리에 억눌려 있던 폐허가 드러난 모습을 보았다. 폐허가 피어날 수도, 비극적으로 아름다울 수도 있다는 사실을 미약하나마 몸으로 느끼고 있었다. 이 감각은 당시에 스물다섯을 전후로 우르르 시단에

등장한 젊은 시인들의 시에 대체적으로 나타나는 경향이었다. 그들은 마치 작은 알갱이들이 점점이 뿌려져 있는 폐허에서 자라는 어떤 식물성의 천진한 생명체들이 시가 될 수 있음을 직감하고 있는 것처럼 보였다. 그러던 어느 밤에 그들 중 몇몇이 갑자기 '너를 만나기 위해' 인천에 내려왔다고, 월미도에서 술을 마시고 있다며 전화를 걸어왔다. 월미도 앞바다의 검은 파도를 바라보며 그들은 술에 취했지만 '우리가 쓰는 시로 세상과 시를 바꿀 수 있으며, 우리의 시는 그럴 수 있다'는 대화를 나누고 있었다. 그러나 내가 그들의 대화에 끼어들어 고작 했던 말은 그렇게 너희가 바꾼 시의 세상에 '나도 있다는 것을 잊지 말라' 정도였다. 그때 내가 시를 쓰면서 희망했던 것은 세상에서 잊히지 않고 그저 가늘고 길게 시를 쓰면서 밥을 먹고 사는 것이었다. 그리고 그 뒤로 많은 시간이 흘러가면서 차츰 나는 이러한 희망마저도 얼마나 이루기가 힘든 것인지 알게 되었다. 연이의 등단작을 보고 내가 그에게 전화를 걸었던 것은, 나의 시를 보고 찾아왔던 그 친구들처럼 나 역시 좋은 시를 쓰는 또래에게 인사를 하고 싶어서였다.

권진규 씨는 허름한 옹이 박힌 관 속에 누워 있었습니다. 언제까지나 시들지 않을 것 같은 꽃은 모짜르트가 들고 왔습니다. 잉크가 번져 얼룩진 리본엔 〈내 정신이 너의

가슴에〉라고 적혀 있었습니다. 여섯 명의 조객 중엔 천재
도 범인도 바보도 있었습니다. 하관이 끝나고 빗줄기가 굵
어지자 붉은 황톳물이 그들의 발을 적셨고 갑자기 모짜르
트가 소리를 지르며 뛰어가고 있었습니다

　　　　　　　　—「권진규의 장례식」 부분(『불온한 검은 피』,

　　　　　　　　　　　　　　　　　세계사, 1995)

　연이의 시에 대한 첫인상은 김종삼의 후신이라 느껴
질 정도로 담백하고 슬픈 기운이었다. 비가 내리던 날
권진규의 장례식에 가보았나 싶을 정도로 맑으면서도
예술가적 비애가 서려 있었다. 무엇보다도 쓸데없는 과
장이나 수식이 없는 점이 마음에 들었다. 그는 화가 권
진규의 장례식에 참석한 여섯 명의 조객 중 하나였을까.
그 여섯 명의 조객 중에는 모차르트도 있었고 그가 들
고 온 꽃 달린 리본은 비에 얼룩졌고 '내 정신이 너의 가
슴에'라는 글씨가 적혀 있었다고 한다. 연이도 그런 마
음으로 권진규의 장례식장 한구석에 비에 젖은 채 쪼그
리고 앉아 있었던 것일까. 그가 권진규 장례식장의 여섯
조객 중 하나였든 아니든, 내 생각에 연이는 지금까지
'정신'과 '가슴'이 서로 맞닿은 시를 써왔다. 그가 첫 시
집의 제목대로 자칭 "불온한 검은 피"를 지녔다고 할 때
나 또는 독자나 평단으로부터 '반항의 시'를 쓴다는 평
을 받을 때 나는 그런 겉모습보다는 "푸른색. 때로는 슬

프게 때로는 더럽게 나를 치장하던 색. 소년이게 했고 시인이게 했고, 뒷골목을 헤매게 했던 그 색"(「나쁜 소년이 서 있다」, 『나쁜 소년이 서 있다』, 민음사, 2008)이 연이에게 어울린다는 생각을 한다. 그는 소년과 시인의 상태에서 더 이상 진화하지 못하고 '푸른색'으로 머물러 있는, 그래서 어른이 되지 못해 나쁜 소년일 수밖에 없었던 것이다. 주머니에 푸른색의 추억과 상실로 닳고 닳은 유리구슬을 가지고 있는 그런 소년. 연이에게 시란 슬프고 더러워서 오히려 푸른 유리구슬로 세상을 들여다보는 일이었을 것이다.

연이가 이번에 새 시집 발문을 써달라고 부탁했다. 나는 그에게 몇 가지 질문을 이메일로 보냈다. 답변이 왔는데 친구에게 말한다고 생각해서 그런지 꾸밈없고 진솔해서 좋았다. 발문 대신 그의 솔직한 육성을 그대로 내보내는 게 훨씬 나을 것 같았다. 그의 답변을 되풀이 읽는 며칠 동안, 망각의 커튼이 흔들리듯 그와 나누었던 우정과 기억들이 조금씩 선명하게 떠올라왔다. 말라르메의 시에 집 밖에서 집 안을 들여다보는 시가 있는데, 바람에 커튼이 흔들릴 때마다 집 안의 침대가 보였다 안 보였다 한다는 내용이다. 이를테면 그 침대를 이데아나 불변의 정신이라고 불러도 좋겠고, 대문자로서 이 세상에 존재하는 한 편의 시라고 해석해도 좋을 것이다. 그러나 이것은 언제나 보였다고 믿는 순간 망각의 저편으로 몸을 숨긴다. 그러함에도 우리는 언제나 집을 멀리 떠났다고 여길 때 그 집 떠남이 결국 집에 다시 도착하는 일에 불과하다는 것을 알게 된다. 어느 저녁 열린 창틈으로 바람에 흔들리는 커튼 자락 사이로 드러나는 상실과 추억을 잠시 마주 대하곤 울게 되는 날이 있을 뿐이다.

나는 연이의 답변에서 우리의 흐릿한 기억 저 안쪽에 놓여 있는, 푸르게 빛나는 청춘의 유리구슬을 보았다.

연이의 말

내가 연이에게 보낸 질문은 생략하고 답변만 옮긴다. 말줄임표가 많은 것은 문장과 문장 사이에 시와 삶에 대한 간절함과 어떤 부끄러움 같은 게 깔려 있기 때문이리라. 간절함과 부끄러움 없이 어떻게 온전히 말할 수 있을까. 진실은 더듬더듬 끊어지는 말을 닮을 수밖에 없다. 더러 연이의 말을 듣고 떠오른 그의 시나 산문을 인용하면서 내 느낌을 적기로 한다.

나는 서울의 몰락한 엘리트 집안에서 태어났어…… 어른들의 말을 들어보면 천주학을 일찍 믿으면서 망가지기 시작해 일제강점기, 좌우 이념 대립 등을 거치며 서서히 가라앉은 집안이었어…… 그러다 보니 공부로 우리 집안을 중

명해야 한다는 절박감이 있었는지 공부에 지나치게 집착하는…… 그런 분위기 탓에 누나 동생은 물론 사돈의 팔촌까지 공부 하나는 정말 잘했고…… 이 이야기를 하는 이유는 내가 그런 전통의 첫번째 배신자여서……

아버지 집안은 확고한 가톨릭 구교 가문이었어. 어렸을 때 우리 집은 거의 작은 수도원이었어…… 여러 개의 성화 십자가상 묵주…… 때로는 성스럽고 때로는 무서운 성물들이 가득했고 그들이 하루 종일 나를 내려다보고 있었지…… 집안 자녀 중 한 명씩 신께 바치는 분위기가 있었는데 어른들은 내가 그 대상이 되기에 적합하다고 생각했어…… 그래서 신부나 수사가 되라고 했고 난 그게 자랑스러웠어……

제비집을 허물고 아버지에게 쫓겨나 처마 밑에 쪼그려 앉아 하룻밤을 보낸 적이 있었다. 감당할 수 없이 두렵고 외로웠으며, 바닥에 내팽개쳐진 빨간 제비 새끼들의 절규가 마른 봄을 관통하던 그런 밤이었다. 그날 나는 신부神父가 되지 않기로 결심했다. 그때 처음 '뼈아프다'는 말을 이해했고, 철든 시절까지 난 괴로웠다. 절대로 묻히거나 잊히지 않는 일은 존재했다.

―「무념무상 2」부분(『내가 원하는 천사』, 문학과지성사, 2012)

연이의 시에 새가 많이 등장하는 것은, 새가 자유의 상징이기 때문만은 아니다. 새는 우리의 후회, 잔해이며 원죄이기도 하다. 연이는 「지리멸렬」(『내가 원하는 천사』)이라는 시에서 늦겨울 짚 더미에 불이 붙는 것을 보고, 그 안에서 깔끔하게 타지 못하는 잔해에 대해 쓴 바 있다. 완전히 연소되지 못하고 질척거리며 타는 짚 더미의 불 앞에는 그을린 소주병 몇 개와 육포 몇 조각이 놓여 있다. 그 사물들은 헛소리같이 타닥타닥 타는 불 앞에서 누군가 자기 변론을 했음을 알려주는 증거이다. 위의 시 역시 자신이 완전히 털어내지 못한 잔해에 대한 자기 변론이고, 자신이 짓고 허물었던 것들에 대한 후회와 자기반성을 담고 있다. 바닥에서 허우적대는 빨간 제비 새끼들은 집에서 신부로 선택받은 자가 스스로 그 운명을 허물고 세상 밖으로 나아가려고 했으나, 다시 제자리로 돌아올 수밖에 없는 원죄의 모습을 닮았다. 연이의 시에서 새는 날아가기보다는 바닥의 진창에서 허우적대거나, 자기 삶의 마지막을 관찰하다가 "통증이 심하다는 신호를 가장 믿을 수 있는 암컷에게 보내며"(「새들이 북회귀선을 날아간다」, 같은 책) 죽어가는 모습으로 그려진다. 연이는 진창에서 허우적대는 새들이 바람에 다시 떠오르길 바라며, "바람이 분다. 분석해야겠다"(「소립자 2」, 같은 책)라고 하면서, 자신의 기억 속 '붉은 지층'(「지층의 황혼」, 『나쁜 소년이 서 있다』)을 끊임없이 파헤친다. 그리고 그러한 분석이 연이를 역설적으로 푸른색의 기억으로 살게 만들었을 것이다.

그런데 고등학교 들어간 뒤로 신부 되기가 점점 싫어지더라고…… 재밌게 살고 싶었고, 내가 성직자가 될 만큼 착하지도 인내심이 많지도 않은 놈이라는 사실도 깨닫게 됐고…… 그런데 '전부'라고 생각하고 살았던 게 사라지니까 삶이 뿌리째 흔들리더라. 중심이 사라진 거지…… 집안에서도 날 유별나게 보기 시작했고…… 학교 가기도 싫어졌고 성당 가기도 싫어졌고…… 그때 맛 들린 게 책 읽기였어…… 자연스럽게 글을 쓸까 하는 생각도 했고…… 예술학교 들어갈 때는 소설 전공으로 들어갔는데 시를 알고 나니 여러 말 안 하고 목적에 가닿을 수 있어 좋더라고…… 난 어렸을 때부터 무국적을 좋아했는데 그래서인지 다양한 외국 시인들의 시를 읽으면서 시의 맛을……

어렸을 때 남의 집에서 자란 적이 있었어…… 내가 다섯 살 무렵으로 기억하는데…… 어머니가 격리해야 하는 전염병에 걸렸어. 그런데 아버지는 돈도 없고, 친가 쪽에도 돌볼 사람이 없고…… (외가 쪽과는 사이가 안 좋았는지, 아버지 자존심 때문이었는지) 어쨌든 어린 삼 남매를 경기도 파주 후배네 맡긴 거야…… 그 집 할머니는 무슨 죄야…… 집에도 안 들어오는 아들이 남의 집 아이들을 세 명이나 맡겼으니……

그 당시 파주는 전기도 안 들어오는 시골…… 유일한 밥
줄은 농사와 근처 미군 부대…… 밤마다 피를 빠는 빈대
하고 싸웠던 거 같고, 배고픔과 동네 아이들의 놀림과 폭
력…… 매일 아침 눈뜨면 기찻길을 달려서 기차역에 가서
엄마 오기만을 기다렸지…… 그렇게 산 게 국민학교 입학
전까지 3년 정도……

마을 한복판에는 철길이 있었다. 그 철길은 어머니와 나
를 이어주는 유일한 끈이자 희망이었다. 나는 아침마다 눈
을 뜨면 그 철길을 따라 역으로 달려가곤 했다. 내가 맡겨
진 집에서 역까지는 꽤 먼 거리였던 것으로 기억한다. 숨
이 찬 줄도 모르고 힘든 줄도 몰랐다. 역에 도착하면 나는
아무나 붙잡고 "우리 엄마 기차에서 안 내렸냐"고 물었다.
어른들이 "네 엄마가 누군데"하고 다시 물으면 나는 "퍼머
머리한 엄마요"라고 대답을 하곤 했다. 어린 생각에 그 마
을 아주머니들과 내 어머니의 가장 큰 차이는 아마도 머리
모양이었나 보다. 1970년대 초반이었으니 그 시골마을 여
인들의 머리 모양은 퍼머 머리가 드물었다. 대부분 쪽 찐
머리이거나 단순하게 커트한 경우가 많았다.

그렇게 나는 몇 년을 매일같이 역까지 뛰어갔다. 내 눈
앞에 펼쳐졌던 철길은 내 그리움의 근원으로 가는 통로이
자, 내가 버려지지 않았다는 유일한 증거이기도 했다. 그
리고 시간이 흘러 어머니는 나를 데리러 왔고, 나는 그 철

길을 따라 마을을 떠났다.

—「"우리 엄마 기차에서 안 내렸어요?"」
[허연의 폰카 아포리즘 2](『매일경제』 2018년 1월 18일 자)

연이가 재직 중인 매일경제에 "폰카 아포리즘"이라
는 제목으로 연재하는 글을 우연히 읽었다. 이상하게
이 글을 처음 읽었는데, 운명적으로 이 친구에 대해 뭔
가 조금 알게 된 것 같은 느낌이었다. 그 뒤 친구들과의
어느 여행길 고속도로 차 안에서 나는 "너 서울이 고향
아니었어? 시골이 고향인 나랑 별반 차이 없는 유년 시
절을 보냈군그래. 네가 왜 시인이 되었는지 알 수 있을
것도 같다" 하고 말한 적이 있다. 그는 그리움의 근원으
로 가는 통로이자 버려지지 않았다는 사실을 기차에서
확인하고 있었다. 사는 것이 여행이라면 우리는 늘 그
렇게 기차를 타고 멀리 떠나 성장하게 되더라도 유년의
잊히지 않은 사건으로 남아 있는 그리움은 어느 날 불
현듯 우리 몸에서 상처처럼 다시 떠오르게 될 것이다.
연이에게 어머니에 대한 그리움의 대상으로 존재했던
'철길'과 '기차'는 서울 출신의 세련된 댄디적 취향을
가진 것으로만 알고 있던 그를 다시 보게 하였다. 이것
이 그에게서 시집 발문을 부탁받고 몇 가지 질문을 보
낸 까닭이다.

중간에 시를 안 썼던 건…… 첫 시집 『불온한 검은 피』를 냈는데 비난하는 목소리가 너무 많았지. 평론이 많이 나오지도 않았지만 나온 잡지마다 극단적으로 비난하더라고…… 무국적에, 도시 취향에, 병든 미학주의자에 자기 골방에 들어가 있다느니…… 심지어 시 몇 편의 제목을 왜 영어로 썼냐 등…… 오만한 나는 "니들이 날 알겠냐"라고 생각했고 뭔가 시들해진 거지…… 시 따위는 쓰지 않겠다고 생각했어…… 한국말로밖에 못 쓰는 게 허망하기도 했고…… 그래서 시보다 음악이나 그림에 빠지기도 했고……

마침 그 무렵에 신문사에 들어가게 됐어. 바쁘기도 했고…… 술 마실 일도 많고…… 모범생들 이기는 재미도 있었고…… 그렇게 한동안 시를 안 쓰고 지내다가 어느 날 문득 이런저런 생각이 들었어…… 나의 모든 건 시에서 배운 것이라는 생각이 든 거지…… 분노하는 거, 애정하는 거, 말하는 방식 이런 걸 시에서 배웠다는…… 그래서 도망치지 못하는구나…… 이런 생각이 들면서 다시 시를 쓰기 시작했지……

의외로 진짜 성스러움은 사소한 것에 있는 경우가 많고 진정으로 사소한 것에 성스러움이 있는 경우가 많더라고…… 더 나아가 가장 사소한 것과 가장 성스러운 것은 통해. 예를 들면 새끼를 지키기 위해 사람이 휘두르는 삽자루에 덤벼드는 어미 고양이에게는 피에타의 성모 얼굴이 스쳐 지나가지…… 반대로 가장 악한 것도 거창하거나 거대

한 데 있지 않고 일상 속에 있어…… 사소한 곳에……

정확히 기억이 안 나는데…… 너하고는 등단하자마자 만났지. 동갑이고 등단 연도도 같았고…… 내가 다닌 예술학교는 생긴 지가 얼마 안 되어서 문단에 아는 사람이라고는 없었어…… 성격이나 스타일은 달랐지만 열심히 쓰면서도 어디 딱 속하지 않는 기질이 맞았던 듯해…… 난 형준이가 내가 못 가진 점을 많이 가지고 있어서 좋았고……

이런 기억도 나네…… 젊은 시인들이 축구를 한다고 해서 너랑 같이 갔는데…… 나는 속으로 "시인들이 시나 쓰지 무슨 축구냐"며 빈정대는 마음이 있었고…… 실제로 축구를 보는 건 좋아하지만 해본 적이 별로 없었고…… 그래서 시인들 다 축구 하는데 나만 혼자 농구 골대에 가서 농구 했던 기억…… 하여튼 그날 네가 나에게 참 특이한 놈이라고 말했던 것 같아. 축구 하자고 데리고 갔더니 농구 하고 자빠졌다고……

어느 추운 날 산동네 길을 걸어가 자취방에서 밤새 이야기하다 잤던 기억도 나고…… 네가 우리 집에 와서 함께 라면을 끓여 먹었던 기억도 나고…… 혹여나 다른 시인들과 어울릴 때도 마지막은 늘 우리끼리 따로 빠져나와 마무리했었고…… 내가 신수동에서 세검정으로 자취방을 옮길 때 중식이하고 네가 와서 많이 도와줬지. 책이 많다고 불평하면서……

보름 정도 들어가지 않은 자취방이 멀쩡하다 내 방은
내 골칫거리다. 차라리 좌석버스 72-1번 종점 xx여관이 더
따뜻하고 편안하다. [……] 체르노빌에선 다트판만한 할
미꽃이 피고 있단다.

　　　　　　　　　　—「잠들 수 있음」 부분(『불온한 검은 피』)

그런 시절이 있었다. 몇 층인지는 생각나지 않지만 친
구의 이사를 도와준다고 책을 끙끙 메고 계단을 오르락
내리락하던 시절이…… 종점 여관이 더 따뜻하고 편안
할 수 있지만, 골칫거리인 자취방에도 원전 사고로 폐허
가 된 체르노빌에서 피는 다트판만 한 할미꽃 같은 그런
희망이 존재하던 시절이……

　어느 날부터 나이 먹고 뻔해지는 게 싫더라고…… 사회
가 원하는 딱 들어맞는 생각을 가진 사람이 되고 싶지 않았
고…… '정리된 착함' 이런 게 싫었고……
　하지만 사실 나는 착하고 싶었어…… 기름기 없는 착한
소년으로, 권력에 어울리고 그것을 잘 지키는 점잖은 어른
이 아닌…… 철 안 든 푸른 유리 조각 같은…… 누군가가
주머니에 집어넣으려고 하면 그 사람의 살을 찌르는……
　한때 여행을 좋아했지…… 혼자 실크로드도 갔었고……
아프리카도 갔었고…… 여행은 자기를 맞대면할 수 있어
서 좋았던 것 같아…… 사람은 정말 나약하잖아…… 외롭

고…… 결국 시작도 끝도 외로운 존재고…… 아마 그 두려움 때문에 무엇인가를 사랑하고 기다리고 그리워하는 게 아닐까…… 인간은 언젠가 사라지기 때문에 사랑을 하는 게 아닌가 싶어…… 사랑은 받는 사람 것이 아니라 하는 사람 거잖아…… 인간이 초월적으로 유일하게 할 수 있는 게 무엇인가를 사랑하는 일 아닐까……

그런데 문제는 그게 영원하지 않다는 거야…… 모든 것은 변하지…… 사랑을 한다는 건 상실을 각오하는 일이라는 생각이 들고…… 상실로 끝나지 않으면 사랑도 아니고……

사막에서 '끝'은 다 파랗다
파랗게 물결치는 것처럼 보이는 것들이 실은 공기란다
내 눈앞에 있는 공기와
100미터 앞에 있는 공기와
1킬로 앞에 있는 공기와
100킬로 앞에 있는 공기가 다 겹쳐지면 바다가 된단다
그 바다 위를 맨발의 위구르족 처녀가 지나간다
　　―「바다 위를 걷는 것들」부분(『나쁜 소년이 서 있다』)

그러나 영원할 것 같지 않은 것들이 겹쳐지면 파랗게 되고, 그 겹쳐진 공기들이 만든 사막의 파란 바다 위를 기적처럼 소녀가 지나가고, 그 소녀와 눈이 마주칠 때

사랑을 느끼며 "늘 죽어야 하는 이유만큼 살아야 하는 이유"(「생태보고서 1」, 『나쁜 소년이 서 있다』)를 찾게 되겠지.

　내가 걷는 걸 좋아하는 편인데 이상하게 강변이나 철길 근처에 많이 살았어…… 해외 어디를 가더라도 나는 삶이 깃들어 있지 않은 곳에는 관심이 안 생기더라고…… 그래서 유적지나 박물관, 궁전, 천혜의 자연, 이런 데 눈길이 안 가…… 나를 흔드는 건 구걸하는 집시 여인의 눈빛이나 분쟁지역 국경 검문소에서 깡통으로 축구하는 소년병들의 웃음소리지……

　동네 산책을 할 때도 그래…… 어느 가게가 생겼다 없어지는지…… 그 가게 안에서 졸고 있는 할머니, 매 맞는 아이들, 맥없이 다 포기한 듯 앉아 있는 중년의 남자 이런 사람들에 감흥이 일어……

　강은 내가 원래 좋아하는 소재 중 하나야…… 정말 냉정하고 하염없잖아…… 어쩌 보면 의연하고…… 그러면서도 차별하지 않고…… 깨끗한 척도 안 하고…… 교각 밑이나 이런 데는 도시의 가장 추레한 것들이 모여 있는 경우가 많아…… 다 사연이 있는 것들……

　엄마는 아주 똑똑한 사람이었지…… 그런데 사랑을 잘 못해서 인생이…… 내가 언젠가 결혼식 사진을 보고 웨딩드레스가 너무 예쁘길래 "그 시절에 어디서 샀어" 하고 물었더니 "응 내가 그레이스 켈리 나오는 미국 영화를 보고 남대문시장에서 하얀 원피스 열 벌 사다가 그걸 뜯어내서 드레스 하나로 만들었지" 하는 거야. 그만큼 머리가 좋고, 집요하고, 추진력도 있는 사람이었는데…… 많이 아프셨어…… 내가 어릴 때는 아픈 몸으로 싸구려 노동에도 시달리셔야 했고…… 고등학교 무렵에는 교통사고까지 당해서 돌아가실 때까지 다리를 절룩이셨지…… 사람들이 차별하니까. 가끔씩 아들 둘을 데리고 동네 시장을 한 바퀴 돌았어…… 봐라 우리 아들들은 멀쩡하다 이거지…… 그때 따라가야 하는 게 어쩌나 싫었던지…… 나쁜 아들이었지…… 지금 내가 어머니 나이보다 더 살았어…… 사진 속의 어머니를 보면 나보다 어려…… 한 많은 어머니는 성직자의 길을 포기하고 문제아가 되어버린 내가 그렇게 마음에 밟혔나 봐…… 나 때문에 편하게 죽지도 못했어……

첫 시집 『불온한 검은 피』는 소주병을 깨서 세상의 옆구리를 한번 찌르는 심정으로, 두번째 『나쁜 소년이 서 있다』는 돌아온 탕자처럼 내가 다시 시로 돌아왔다는 선언, 세번째 『내가 원하는 천사』는 이제 시와 대결하지 않고 시를 끌어안겠다는 화해, 네번째 『오십 미터』는 내가 결국 시 속에서 살았구나 하는 포기였지. 이번 시집은 시는 내가 만든 게 아니라 세상에 그냥 있었던 거구나 하는 인정……

서로가 서로를 향해 돈다는 것

연이는 「슬픈 빙하시대 3」(『나쁜 소년이 서 있다』)에서 "강가에서 뼈들의 과거를 읽는다"고 했다. 물살이 빛나는 것을 보고 그것을 뼈로 느끼다니, 강의 뼈가 물살이라니, 뼈들이 반짝이며 부서지는 모습을 보며 그는 추억과 회한을 향해 뒤로 걸으면서도 그 반동으로 참 부지런히, 열심히 앞으로 나아가며 생활에 충실했구나 하는 생각이 들었다.

이번 연이의 다섯번째 시집을 읽으면서 그가 이제는 얼마간 넉넉해진 마음 씀씀이로 생활 속에서 어른대는 시를 자연스럽게 뽑아내고 있음을 느낀다. 그러고 보면 연이는 크로키에 능한 시인이다. 크로키의 핵심은 몇 줄의 가는 선으로 사물의 핵심을 투명하게 잡아내는 데 있다. 물이 지나간 자리로 화폭에 사람이나 나무를 간결하게 표현하는 수채화를 닮은 듯도 하다.

이번 시집은 강가나 거리, 출퇴근길의 지하철, 구내식당, 역전 스타벅스, 부고나 화장장, 어머니 묘의 이장 등 주로 자신의 생활과 인접한 공간 속 대상들을 소재로 하고 있다. 그가 대상들을 향해 움직이고 보고 느끼면, 대상들도 그를 마주하며 움직이고 보고 그를 느낀다. 마치 서로 사랑하는 것 같다. 사물의 핵심을 날렵하게 크로키하듯 뽑아내지만, 그 순간 사물도 시인의 내면을 내시경 카메라로 찍듯 찰칵 찍어낸다. 시를 쓸 때 대상에게 나를 들킬 때가 행복하다는 것을 아는 듯하다.

서쪽으로 더 가면
한때 직박구리가 집을 지었던 느티나무가 있다
그 나무는 7년째 죽어 있는데
7년째 그늘을 만든다
사람들은 나무를 베어내지 않는다
나무는 거리와 닮았으니까

지구가 돈다는 사실을
보통은 별이 떠야 알 수 있지만
강 하구에 찍힌
어제 떠난 철새의 발자국이
그걸 알려줄 때도 있다
마을도 돌고 있는 것이다

차에 시동을 끄고 자판기 앞에 서면
살고 싶어진다
뷰포인트 같은 게 없어서
나는 이 거리에서 흐뭇해지고
또 누군가를 기다린다

단팥빵을 잘 만드는 빵집과

소보로를 잘 만드는 빵집은 싸우지 않는다

출발했던 곳으로 돌아오는 동안
커다란 진자의 반경 안에 있는 듯한
안도감을 주는 거리

이 거리에서 이런저런 생들은
지구의 가장자리로 이미 충분하다

—「어떤 거리」 전문

이 시는 지구가 돈다는 증거를 철새의 발자국에서 찾
고 있다. 그래서 지구가 돈다면 마을도 돌고 있다는 것
을 아름답게 표현한다. 내게 흥미롭고 인상적으로 다가
오는 시 구절은 "단팥빵을 잘 만드는 빵집과/소보로를
잘 만드는 빵집은 싸우지 않는다"는 것이다. 왜 그럴까.
짐작해보자면 지구와 별, 철새의 발자국과 마을의 거리
가 서로 호응할 때 이 세계가 돌고 있음을 알 수 있듯이,
단팥빵을 잘 만드는 빵집과 소보로를 잘 만드는 빵집도
분명 서로가 다르지만 마을이라는 한 중심을 만드는 데
기여하고 있음을 알고 있기 때문일 것이다. 평범한 듯한
시구이지만 자신의 생활 반경 안에 있는 거리를 사랑하
는 마음이 없다면 결코 발견하기 힘든 기막힌 표현이라
고 생각한다.

특히 이번 시집에서 연이는 "중력이 없는 곳에서 울고 있다는 느낌"(「24시 해장국」)에 집중하고 있다. 중력이 없는 곳이라는 것은 다시 말하면 중심이 없다는 뜻이고, 그렇기 때문에 반대로 중심을 그리워하고 있다는 말이 된다. 사람이나 사물이나 중심이 있어야 그것을 토대로 돌 수가 있다. 마치 회전목마가 한 바퀴 돌아갈 때마다 붉은 목마, 초록 목마, 회색 목마가 스쳐 가고 방금 회전하여 다시 돌아오는 또 다른 목마의 옆모습을 본다는 릴케의 「회전목마」처럼 말이다. 우리가 서로가 서로를 향해 계속 돌고 도는 것은 어떤 목적이 있기 때문이 아니다. 그 과정에서 마을과, 추억과 생활과, 오래된 죄책감마저도 열띠게 서로를 향해 돌고 돌면서 환한 빛과 미소를 서로에게 던질 수 있기 때문이다.

중심을 잃는다는 것
어디서 나타났는지 모를 회전목마가
꿈과 꿈이 아닌 것을 모두 싣고
진공으로 사라진다는 것

중심이 날 떠날 수도 있다는 것
살면서
가장 막막한 일이다

어지러운 병에 걸리고서야
중심이 뭔지 알았다

중심이 흔들리니
시도 혼도 다 흔들리고
그리움도 원망도 다 흔들리고
새벽에 일어나
냉장고까지 가는 것도 어렵다

그동안 내게도 중심이 있어서
시소처럼 살았지만
튕겨 나가지 않았었구나

중심을 무시했었다
귀하지 않았고 거추장스러웠다
중심이 없어야 한없이 날아오를 수 있다고 생각했으니까

이제 알겠다
중심이 있어
날아오르고, 흐르고, 떠날 수 있었던 거구나

　　　　　　　　　　　　　　—「중심에 관해」 전문

이번 시집을 관통하는 시적 주제를 압축하고 있는 듯 보이는 이 시는 '어지럼증'이라는 소재로 '중심'에 대한 사유를 통찰하고 있다. 시소 같은 생활에 얽매여 살면서 사제司祭의 꿈으로부터 멀리 떠났다고 여겼지만 실상은 가슴속에 그 꿈이 푸른빛으로 남아 있었기에 연이는 자신을 '시정잡배'라 지칭하면서도 "날아오르고, 흐르고, 떠날 수 있었던" 것으로 보인다.

이 시집을 읽으며 "죽은 이들을 돌 속에 가둔다"는 북해의 어느 섬에서 풍향계 속으로 날아든 백조를 보며 ***늙지 않았으면 백조가 아니지***"(「북해」) 하고 중얼거리는 연이의 모습을 그려본다. 또 한편으로는 "이승이라는 신전"(「세상의 액면」)에서 친구의 부고에 슬퍼하고, 회사 구내식당에서 "혼자 밥을 먹는"(「구내식당」) 그의 모습이 뇌리에 스친다. 그리고 강변을 거닐며 "아무런 기대도 없이/강물이 내게 하는 일을 지켜보"(「강물에만 눈물이 난다」)며, 교각 아래로 큰물이 난 모습을 보고 "교각 밑에 살던 거지 소녀가 떠내려갔을까 봐/숨도 안 쉬고 달려갔던" 그의 어린 시절도 떠올려본다.

그리하여 마침내 교각 밑 그 "비밀스러운 음화"가 바로 자신의 "음화"(「교각 음화」)였음을, 잔해에 또 다른 잔해가 쌓이며 바람에 공중으로 떠밀리면서 지상을 보며 울고 있다는 어떤 철학자의 천사처럼 어른이 되어가는 착한 소년이 연이었음을 새삼스레 느낀다. 이 소년

의 앞날이 그의 시구대로 '모든 미래가 푸른빛으로 행진'(「열대」)하길 바란다. ▨